龍神

河津聖恵

思潮社

龍神

河津聖恵

思潮社

装幀＝倉本 修
写真＝鈴木理策「White」

目次

龍神

龍神

赤い光、赤い闇、秋はどちらにもふきこぼれる
色はどこへでも流動する
いま山脈はしずかに魂の底をすべりだし
はるか北方で京都《みやこ》の山並も靡きはじめる
高野龍神スカイライン、黄葉紅葉は透け、緑葉は撥ね、
ちらちらむれなす光の渦に眩暈する（太陽を背にしているのに）
車はトランスファー、小さな異界《トンネル》とびとび
ハンドルのさばき手はアクセルとブレーキを見事に踏み分ける
鹿たちもどこかで落ち葉を踏み分けているだろう（同じ小さな生のリズムがある）

危ういカーブを曲がるたび目覚める私たちの「うつほ」の未熟は鮮やか
目の奥で死と不安の胎内像は溶け
見ることは鳴ることへ、歌う叩く訴えることへと超出していく
木々の弦のヴァイブレイションを浴びる私たちはまったき外部から笑いさざめく

ここは影面、私たちのカゲモ——
太陽からうち棄てられて輝く悲しき〝南〟を私たちはひた走る
影と名ざされ葉裏に岩根にひそむ光がちりちりと耳に鳴り過ぎる
難路のまにま揉みいだされる目のハレ、魂の宙吊り、風景の反重力に双手をあげ
また山頂から逆しまになだれ落ちる天然林の彩り曼荼羅
（炭焼きならば素敵な誘惑の囁きを聞くはずだ）
ふたたび視野を覆う人工林のりゅうりりゅうとした緑の筋肉
（木を伐る「父」たちならば腕に遙かな波動が蘇るはずだ）
木々がざわめく　いっぽんたたらが果無《はてなし》山脈を一本足で駆けていく
葉むらの黒いひとつ目がきらりとこちらをまなざし　車は真っ白に燃え
山さぶ神さぶ空さぶ銀の日高川、時間をふかく柔らかに曲がる国道371号線！

本当はどこへ行く？
世界のこのふくらみはやがてどうなる？
速度に時間と空間を消されて
果ての果てを不思議な手で背から胸へと透かしだされた私たちは
われしらず死の血を（あの赤その闇あの光を）ほとばしらせる

旅はかすかな弦の擦れのような違和から始まった
（振動し、捻り、唸るいのちの歯のようなもの）
龍神、りゅうじん——喉にはかすかな恐れがのこる（言いたいのか黙りたいか）
世界はすでに滅んでいる　だが地名は世界の細部で今いちど渦巻いていく
無のきらめく波しぶきのかかるヒゲがふるえる
龍神、リュウジン——私たちは身の内から光の裸形を脱皮する
よく見れば紅葉ではなく　すべては空から揺りおろされた龍の好きな花だ
無数の大きな花の揺れを見つめる私たちは混乱《めまい》する三人の他者
紀伊半島のほぼ臍にあたるここは　雲が幻想をつぎつぎと捨てに来る場所
今このときも数千年前も　狭い海際の人々の魂は

人であるしかないがゆえの熱をおびているだろう
言葉のない思いが上昇気流に乗り蛇へ鳥へと転変し
あるときは龍としてカタルシスの豪雨をふらせば
葉裏から落ちる蝶はあっと鮮やかな死者に戻り
水流にひそむ天使《あまご》にくわえられて流転《るてん》を真っ青に染める——
浮くように走る私たちの車もまた
果てしない山々へちらばる無限の水泡《みなわ》〝いまのいま〟に抱かれ流されていく
名のない峠と谷のヴァイブレイションが
いっぽんたたらに喰われた永遠の旅人の寝息と呼応する

光は影、影は光——ねじれていた悲しみがふうわりほどける
車を降りると山々はふくらみ空は高い
影でも光でもない鏡の澄明なあかるさにみたされ人影もまばらであるここは
いつしか時間がぽっかり呑み込まれた龍のまったき腹の中
私たちは消えている、消えていく、消える……
神隠しにあった幼子のように身も軽く笑いながら

吊り橋のたもとで写真を撮りあう
あの渡っていく黒い鳥から視れば
古代のけものの祈りを無邪気に踊りついで

野中（一）

紀州では天頂の日はいつも少し甘美に揺れうごく
私は青い魔法をかけられていく
つむじから眩暈がする　ほどかれる
東から西へと沈む太陽が
たえずうち棄てる〝南〟のこのふるえ
影面、カゲモ――
いま光でも影でもないひとかげである私は
瞳を振動させる
自分自身を目の奥で壊す

どこかに到達したいという思いに駆られ
ふたたびやって来た紀州
死んでいる外部を今いちど渦巻かせるために
「スーパーくろしお」は
〝今ここ〟の無数のさざ波と草の葉を
煌めかせ走った
渦の中心である柔らかな空虚、
白浜駅ロータリーからふうわりと車に乗り
はまゆうの実とパンダのまるみが透明にころがる道を
中辺路《なかへち》へ入る

どこかに到達したい誰かに会いたい――
深い欲望のように幻想はふいに湧く
私たちはいつしか走りだしている
影となり光となり
何度も永遠でも小さな神話のような動作をなぞりつづける

とふたたび知らされ
かつてここに生きて死んだ複数の私が
助手席にあくがれでる
複眼となって澄みわたり染みわたる
視野をふくらむ紅葉黄葉
午後二時　こんもりとした山々が降りそそぐ光を神隠しし
傾いた空気が夢を見はじめる
夢見る瞳の黒々とした明るさ
光の無音のふるえ
木々の垂直な胴をまなざしが柔らかに弾き
晩秋の中辺路に
幻のバッハは始まる
（春の新鹿の山道ではまだ眠っている蟬の羽が
　夕陽に煌めくいのちのギターを激しくかき鳴らした）
私の存在の底のそこを洩れるように共振する空耳
おしころされた魂呼び

道なりに時間は緩められ
木と木と私たちを奏でる無伴奏チェロ組曲を聴く
山深い奥に千年のチェリストが抱く「うつほ」が鳴る
この翳る日に　きっと木の顔は
なつかしい目を閉じている
車は中辺路から山へと入り
「野中《のなか》の清水」へ行く手前で
ピッキングのように左へ曲がる
清らかな水の真空が今も護られてあるだろう
空と枝の虚領域《かげ》を一瞬透視して過ぎ
（春に四人で柄杓にすくって飲んだ漆黒に澄んだ甘露が喉を濡らして蘇る
　みなそれぞれの水をふるわせながら　いっせいにあげた小さな歓声とともに）
また来たか、やはり来たか――
「野中の一方杉」は二十人分の闇を抱えて問いかける
路肩で重力はふいにゆるやかな螺旋をゆるされ
木洩れ日母胎の中で黄葉蝶たちはいっせいに舞いはじめて

肩のあたりでほどける世界の
トレモロトレモロトレモロ
木々と空と山のあわいになんとたくさんの譜が隠されていることか
鳴らせ、歌え、踊れ――
すべての現象は今ちらちらとした命令形
葉も光も影も
私たちの現在の断面をたしかにこぼれていく切り屑である

野中（二）

『山びとの記』の著者宇江敏勝さんを野中に訪ねる
炭焼きの子として生まれ　山から山への移住生活の中で育った宇江さん
その宿命を想像することは一本の木を感じ尽くすことに等しい
一本の材木を考えるとは資本論を書きあげること
という作家の言葉を逆転させれば
資本論を読むとは一本の材木について考え尽くすこと――
すべての書物を透視するように輝く木々の間を
宇江さんのお宅への道を上がる
どんな人かという興味ではない

宇江さんの言葉の奥にある　山の労働というものの低くおしころされた激しさに
眠れる魂の端を触れさせたいのだ
ネラシロから覗く高温の窯の中の透けた金色の炭に触れるように
吹雪の中で木を打つたびに奇声を発したカシャンポ宇江さんの
てのひらから腕と心に伝わる木々の痛みと喜悦を感じ取りたい
きっと私たちにもそれはある
寒さを好み雪が好きでたまらないというこの山びとが
山小屋の独り寝からふいに目覚め戦慄した青白い月光の孤独もまた
古代の人々が死者をはるかな山々にうち棄てたように
私たちはみなそれぞれに死ねない魂を遙かに持つ
本当は知っているはずだ
木々の静かな深い暴力にじんと抗う斧の重さ
何者かへのすれすれの殺意のような鋸使い
一、二分枝葉を揺らせ　太いクロキが時をめりめり裂きながら傾き
地を鳴らし岩にあたり爆弾のように煙を立たせるひと知れぬ戦争を

エネルギー革命土地ブーム
アリノクマノモウデの亡者資本がついに死の犬を果無山脈へ放つ
山々に道がひらかれブローカーゴルゴンの眼が岩の色を奪い土が砂礫に変わる
振動病の白い顔を薄い未来の日に晒して
手に鉄と血の匂いを握りしめた山びとたちが山を下りてくる
やがて山里でペンの斧で書きはじめる宇江さん
静かな言葉が手と魂の痛みから生まれてくる
山という原初を生きた言葉なき人々
うち棄てた窯や小屋だけを残して消えた人々
植林した木々を生の作品として伝えた人々
ヤキコやキリやヒヨウやカシキといった名を口伝えに残し
(あるいはナメラ谷やキリクチ谷やアメノウオやウバメガシ
　人間と自然のはざまに落ちてきた世界の影の名)
歴史という森のさらに奥へと消え去った記録なき者の呟き　囁き　叫び　沈黙　思いが
ひそかに反響する森閑とした空気を身の内から書いていく
山小屋の食卓や空箱を机代わりに書かれた『炭焼日記』に

サラサラと雪は降りつづける
霧に反響する鳥の声　猿の　川の　木の声
言葉がつつましくそれらを蘇らせる
私の想像力が苗木のように伸びはじめる
木は歌い喚き身悶え踊り狂うことさえある　山も微笑する
山から山を越える電波がトランジスタラジオにふるわせる社会の空洞
オコゼが好きな山の神に見守られ高なるチェンソー
生活の　労働の　祈りの現場であるそこを私たちは本当は知っている
魂が夢の底で落ち込む海のように深く優しい永遠の「うつほ」を

＊

宇江さんはあまり喋らない
木工細工を彫るように訊かれたことにきっちり答えてくれる
――妹さんが生まれるとき、取りあげるお手伝いをしたんですね？
――小学生だったね。父は手順を知っていたから。よその子も取りあげました。
明かりを差しだせって言われて。石油ランプを差しだして照らして。

（〝明かりを差しだせ〟という不思議な言葉が喚起する
　山の闇の中でのひそやかな生誕の赤い闇、赤い光）
——山に入ってすぐ小屋を建てるそうですが、お父さんは炭焼き小屋の作り方を誰から教わったのでしょう？
——父の父から技術が伝わりました。父は、父の父から受け継いで。柴壁もね。
　山の木だけで小屋を建てるんですよ。
（赤ん坊の取りあげ方も？　と問いかけたのは誰か
すべてをなしうるゴッドハンドを想う　聖夜のランプに照らされる主のない手が
今も何かを伝えようと指し示すそこだけ見えない、差しだされる光が足りない）
——建てる場所はどのようにして決めたのですか？
——熊野には江戸時代前の窯の跡が残されています。そうした跡にはいい木があるし、危険も少ない。そこに作るんです。
（周辺の木を伐りつくすと窯や小屋を捨て　身の回り品や道具だけを持ち
山から山へ移動した炭焼きの家族たち　その荒い息を私たちは本当に知らないか）
——寂しくなかったですか？
——そんなに暗い気持にはなりませんでしたよ。

（山に慣れると山は明るいのだ　影が輝きだし光は小暗くなるのか）

――木の名前はぜんぶ分かるんですか？

――いえ、顔は分かっても名前は覚えられないんですよ。

――木の顔？

――炭焼きや生活に関係のある木は知っているんです。冬になったら葉の落ちる木とか、高い所にある木とか。固い木はカナギ。いい炭が取れます。落葉広葉樹はアサギ。普通の炭になる。杉や檜以外の針葉樹はクロキ。建築用材ですね。植物学上の名前じゃありません。

（木々は口をつぐんでは鷹揚にひらく　遙かから私たちにつねに語りかけている木の眉間から生まれるヴァイブレイション　私たちの炭焼きの魂よ、共振れよ）

＊

ふいに話は詩に及ぶ

文学の同人誌にも所属する宇江さんは言う

――詩と散文の境界はないと思う。散文も詩に通じていなければならないと私は思う。自分が書く対象はつねに詩情のあるものだし、それを散文に汲み上げています。

文章には詩と詩でないものだけがあるのではないでしょうか。
　詩とは分かろうと努力させるものではないか？
年齢や生き方が木の皮のように剝がれ落ち
身を乗りだす私たちの魂の枝ぶりは今ふいに若々しい
〃詩と詩でないもの〃
あとは宇江さんの沈黙の水の輪が拡がっていく
山に抱かれた書斎に入る光がいつしか失われていた
別れ際に投げかけられた問いかけがしんと拡がった
木に打ち込まれる楔のように
〃詩と詩でないもの〃は未知の傷として私たちに残るだろう
出会いとは他者から大切な問いかけを貰うこと
帰り支度をしながら　中辺路で見やった山々の
くっきりと境をなす天然林と人工林を私は想った
（あのような境界ではないか　頂きから逆しまになだれ落ちる極彩と
　麓からりゅうりゅうと這いあがる緑の）
（恐らく私の魂もくっきりと二つに分かれていて？）

打ち合わせればキンキン響く上等な炭を何本も戴き
私たちは動きだした車からご夫妻に手を振り
風向計のペットボトルが最後の日を柔らかく返しているところで見えなくなる
たしかなことは一つ
ここを訪れ　他者を思う他者の語りに耳を澄ませた時間は
たしかに詩に属するということ
他者と出会い　他者と交錯して
私たちの生の山道は火照るように逸れ
昨日よりも少しだけ深い領域に迷い込むことができる
太陽が隠れ　すでに夜の闇をたたえた山と山のあわいを
車は沈むように走っていく

注
野中＝和歌山県田辺市中辺路町野中。「野中の清水」「野中の一方杉」がある。
宇江敏勝＝一九三七年三重県生まれ。エッセイスト、林業。著書に『山に棲むなり』『炭焼日記』『森のめぐみ』『山びとの記』など多数。

補陀落（一）

間に合うか、まだ間に合うのか――
私たちは新宮から那智勝浦へ晴天の国道42号線を北上する
まるで焦ってでもいるかのように
十七年前その人が亡くなった病院へと
果てしなく手遅れに車はひた走る
私は目をほそめていく
タッピング、今このときを消えていく人々の不在に足下を叩かれ
（うちよせる熊野灘を煌めき返す七里御浜《しちりみはま》の鏡の反射）
ビブラート、絶望にくずおれる人々の真空は天頂をふるわせ

（遠い瓦礫の海につらなり石化する誰しもの魂）
こまかな海岸線　山の稜線　木々の葉の輪郭に沿い
熊野という「うつほ」は音なくみずからをふるわせている
光と影、言葉と沈黙、愛と憎しみ、戦争と平和——そのあわいあわいあわい
生は限りなく死に近く色づき（限りなく黒に近い緑）
死は限りなく生に近く染み（限りなく青に似る朱）
水色の空と海　影を曳き走っていく光たち
私は目をほそめていく
世界は幾重ものガラスとなって透き通る
過去から未来へ　未来から過去へ
遙かな背後から夢見るまなざしに私たちは射抜かれる

——予定を変更してまず病院へ行きましょう
ハンドルを握る人がふり向かずに言った瞬間を
小さな眩暈のように覚えている
他の二人と遠足帰りの子供たちのように眠っていたその時

車内に黄の光がふうわり満ち
世界は緩みはじめた
つかのま天頂がやすらぎ開き
優しく変化した光はそこへ行くことを許してくれた
その人の死ではなく生をこそ確かめに行く――
夢うつつにこのドライブの思いがけない真意を知る
車の屋根ははらはらほどけていく
色を眩しそうに薄めた空が青い草原のように周囲を拡がりだし
目を閉じ眠るふりの私を包んでいく
間に合うか、まだ間に合うのか――
まるで焦ってでもいるかのように　しかし空っぽの舟の縁を摑むように
ゆったり時間を揺さぶってもいる
戻れ、もどれ、やって来い――
まったき外部から私は泣いている
「今ここ」の舟縁を越え温かな水が静かに入ってくる
――兄やん、今行くから待っててなあ

知らない子供の叫びが聞こえる
不思議な二次元の海が拡がりだす
私たちはやみくもに生きて死ぬ　死んでは蘇る　このいまのいまも

＊

白い壁やリノリウムの床　患者たちの影がそこここに行き交う暗がりが
呆然と語りだすもの
地域の拠点病院としてここは踏ん張りとどまっている
閉ざされた水槽に棲むものの意志がある
医療費というからっぽの宝箱が開き
経済の空洞が吐きだす水泡《みなわ》の気配
（母が死んだ場所もそうだった　ひそやかな薄闇とかすかな匂い）
あれから十七年　だが月日に関わらない悲しみは深まるのみだ
なぜこんなに悲しいのか
倉田さんが呼んできた宇野さんは自己紹介の後
エレベーターに案内してくれた

私たちは遠くからやってきた見舞客を装い　だがしんと黙り込んで乗り込む
タイムトラベルのつもりで目をつむる
どんな「うつほ」に入り込んだか
不安に胸を押さえ屋上に着く
――その細い通路をとおって外に出られたんですよ
「その通路」をまるでその人のように身をほそめ辿っていく
――その手すりに身を凭せかけてよく海を見ていました
「その手すり」にそっと触れて眺めてみる
ひんやりとたしかな物質の感触（あの時と変わらない）
恐らく当時よりも数を増したビル群の彼方の薄青い海（色と切なさは同じだ）
最後に娘に海を見せてくれとカーテンを開かせて見た海だ
見たかったのはこれだ（もう一度見たかった）
まなざしが残されている
重ね合わせるようにまばたきをする
〝想像力を持て〟
たった一人のコラールが胸深くに湧き起こる

ハッと気づく　海と手すりのあまりの小ささ
現在というもののこの寄る辺なさから
すべてを想像し直さなければならないのだ
いまのいま　私たちは大切な折り返し地点にいる
残された幻の蝶のような作家の言葉が
傾きかけた春の光に意味も音も失いさざめく
私たちの魂の花々が揺れはじめる
でも　でもでもでも
兄やん、どうしたらいいやろ、みんなの兄やん――
地上は腕を拡げる
はらはら降りそそぐ　病める世界の白いＣＴ画像
瓦礫はつやつやした丸いガラスになるやろか
滅びた未来の子供たちはおはじきできるやろか
ごめんしてほしい、許してほしい――
かつてこぼされた涙は病院の壁を下から上へ生々と伝いだす
謝るべき私たちを下方から護りながら

優しい死者だけが本当に泣いている

レントゲン技師として作家の体を撮った宇野さんは
海を背景に四人を明るくカメラに収めてくれた
十七年後の風景は小さくちいさくなっていく
最後にもう一度後ろ手で手すりに触れる
ひんやりと厳然とした鉄の感触
指は何かを約束した
いまのいま秘密の一点を紡いだ
呼びかけられて離れた私にそれはまだ分からない

注　「想像力を持て」は髙山文彦『エレクトラ』より。

補陀落（二）

カノン、カノーン、
不可視の海で私たちの目なし舟は軋む
生きていることが生きてあることのただなかで波をかぶる
カノーン、カノーン、
夢の樵が夜空に映るこの世の木々の影を打つ
眠らない真空が複雑な海岸線に沿って研ぎ澄まされる
真夜中も真昼間も紀州は輝く漆黒の永遠をふるわせる
カノン、カノン、カノン、カノン、
果無山脈のけものたちが夜の太陽を待ち望んで立ちあがる

にんげんはしぼんだ栃の実のように小さくなり
にんげんの不在は山脈のように大きくなり
尾根筋にそって月光の涙がきらきら降りていく
作者不詳・那智大滝図から中世の黒い水が世界を濡らしつづける
カノーン、カノーン、カノーン、
ときおりうめくがごとき虹色をおび
私たちを生かしめる乳色の水
亡者たちが眺めやるままさらに拡がっていく
那智参宮曼荼羅図の下方にある二次元の深い海の
見えない底に沈む千年のタナトス
月光満ちる水面を目指し翻る龍のごときエロス
つねにいつでも何者でもない者として蘇ることができる
すべては魂の出来事
今は魂の潮の満ちくる時
私たちの中の魚に耳を澄まそう
遙か彼方からやり直されはじめた創造の泡立ちを聴くために

カノン、カノーン、カノーン、
一方杉の洞の中で片目の神が光る菌糸を爪弾く
墜ちる彗星のごとく銀の原形質が梅の枝先へ流動する
反重力の白い花が梢から逃れて飛び立つ
底知れない闇へあくがれでる枯木のバッハ
カノン、カノーン、カローン、
目なし舟を漕ぐいのちの櫂が冷たい星を煌めかせる
今この時のうつほを乗り捨てていく者たちが連鎖をなし
夜の蝶が炎のように舞いあがる
愛、希望、絶望、未来、歴史——見渡せば乗り手を失った言葉の舟が
蒲鉾型の黒い波に気怠く揺すられている
身を投じた僧たちの美しい裳裾の閃きにいまだ傷つけられるほど
世界は孤独なまま波打っている
うつほ舟にただちに火を放つ無の追っ手さえいない
補陀落渡海という謎の自殺行が私たちに伝えるものは何もない

死期間近な僧がわずかな食料と油と燈心だけを携え
目なし舟に乗せられ観音菩薩のいるフダラク浄土を目指した
恐ろしく切ない男たちの狂気からはしかし
奇妙に純粋な水のしずくが染み込んでくる
眠る魂　あえぐ魂　夢見る魂　の地層へ一滴一滴
悲しみも喜びも姿を変えることなく変えられていく
それは狂気が極まる果てに澄みわたって落下する祈りだ
真芯にふるえる紡錘形の目が今この時を引きしぼる

カノン、カノン、カノーン、カモーン、
二〇〇九年二月五日私は那智の浜に立つ
風と光のまにま　かすかな胸騒ぎのような生贄のざわめきを嗅ぐ
すべては千年を越え今も続く魂の出来事だ
細い祭りの木が揺れる　幻の笛が吹かれる
背に大きな石を括り付け世にもあでやかな装束を着た渡海上人が
幾人もの影を従え現れる

踊りながら祝いの銭をきらきらと投げあげるこびとたち
鶏のような歓声をあげて群がる信徒たち（何を信じているのか何も信じていない）
うなだれた上人の衣に触れて拝み　涙さえし
しかし何という暗い懐かしさだ
本当は浜は火あぶりの広場　みな激しく怯えている
殺せ、殺せ――何をでもなく自分自身をかも知れず
ただ己の悪魔の声に戦く（今もなおさらになお）
しかし何という明るい懐かしさだ
僧が上目づかいに見つめた宮の浜の白さ　熊野灘の水色の恩寵
生まれたての赤ん坊と瀕死の者だけが見うる輝き
（このように生き死にしてきた　信じることさえ忘れいつしか光が満ちて）
カノン、カノーン、カノーン、カモーン、
がらんどうの私へ乗り込んでくる入水者たち
白い帆と赤い鳥居に囲まれた黒ずんだ板囲いが次々外れ
無限の春の空気で出来た渡海船・私が一歩海へ踏みだす
水色の目が一斉に見上げ乞い願っている

生きたい、生きたい、生きたい、生きたい——
「人は自分が捨てるものだけしか、所有しない」
と言った女の身体でもある
山々の優しい連なりを見つめている
「水に俺は溶けないが、水の痛みを感じつづけている」
と書いた作家が末期の指先から放った苦痛のような愛がなお染む
紀州の生の匂いを嗅いでいる

注　「人は自分が捨てるものだけしか、所有しない」はシモーヌ・ヴェイユ、「水に俺は溶けないが、水の痛みを感じつづけている」は中上健次。なお、「カノン」は宣教師たちが記述した渡海記録の中にある「観音」を指す言葉。

お燈祭り

禊ぎ

プロメテウス、プロメテウス……
冷たいまま強まる光にかすかに弾かれ
火の声は熾《おこ》る
重い冬の鎖を解き放ち
紀伊半島がふたたび逆しまに輝きだす時だ
忘れられていた神々がふるえながら
青くあおく空を溶けていく

（世界とはかくも柔らかだったか）
渇いていた紀州の川も木も石も鳥も魚も
日輪からあふれる七色を呑みはじめる
今日、世界のエロスと一体化したい
正午過ぎ　王子が浜に立ち
私たちは一人一人影を濃くしていく

かつて神に火をもたらされた人間たち
わが身を脈動しだした闇と光に促され
白い鉢巻きと褌を締めて
二十名程の男たちがふいに浜に居並びだす
老いも若きも艶やかな腕を組み足を開き
海に肝を晒すようにぐんと胸を張る
神主が白い紙を鳴らし不思議なタクトを振る
太陽は身をよじり裸体の彗星へと変わりだす
プロメテウス、プロメテウス……

火の声が燃えはじめる
遙か彼方で竜宮城が崩壊する
海は真っ青な血潮に輝く
波はさらに煌めき高なり
のた打つ砂利は海岸線を激しく抗う
高められた空から弊を振りおろしては振りあげ
神主は世界を祓いつづける
浄められる青の青
その下にうなだれ男たちは諫められるように聴きつづける
透明な苦悩のごとく連綿と続く不思議な祝詞
アマツミクニツツミトヨタマヒメノミコト——
ファインダーを覗けば
横顔の男たちは一様に時間の彫像となる
白い物だけを飲食《おんじき》し厄を落としたためか
柔らかくぶれて一斉に個性を消す
(タレントも有名人もいるはずだ)

兄やんも詩人も神も裸体の凹凸に紛れ込んでいる
（裸体ならばみな同じく愛おしい男たち）
海が拡がり波が高なる
竜宮城がなおもくずれる
見物の女たちはそれぞれに乳房を若やがせ
赤子のように差しだそうと海の輝きへ身を乗りだす
アマツツミクニツツミヒコホホデミノミコト――
さらに高なる謎の言葉に駆り立てられ
男たちは眩しい飛沫を上げて海に入る
みるみる凹凸に濡れて貼り付く白い布
明るく癒やされていく世界の秘部
膝のあたりで何人かが攫われかけ
どっと笑いが起こり
波を掻きかき戻ってくる股間は
老いも若きも生まれたばかりの熊野のケモノ
目を覆う前に見つめてしまう

女たちは笑いながら本当は気絶している
気絶しつつ笑っている
指が眩しいファルスのように伸ばされる
真っ暗な竜宮城が藻をつけ彼方を流されていく
禊ぎの終わった浜では不可視の火が
男と女にふうわり燃え纏わっている
私たちは今日
燃えて艶やかな裸体に戻ることを神々に許される

仲之町商店街

太陽が赤子のように黄色く泣く夕暮れ
軒先もガラスもマンホールも郵便ポストも
裸体として捧げられる　触れられていく
何十年も前の子供たちの声が響きのこる
懐かしいファサードを歩く

掃かれたように夕光が溜まる路地にかすかなモーツァルトが流れ
時間の舗石が緩みだし
羊水のような空気に満たされた仲之町商店街は
祭りをぼんやり懐胎しはじめる

ファルスの指をぶらぶらさせ
祭りの前の空白を持て余す私たち
老婆の瞼のようなシャッター越しに
店を生きた古いふるい死者たちと見つめあう
〝二千人だってね、年々ふえるね〟
〝全国から来るらしいね〟
〝町はさびる一方だけどよ〟
橙色の光の中で囁くのは
そこここを歩きだした祭りそのもの
路地が失われても街の魂の血くだをいまだ流れる橙色の血が
私たちの体に流れ込む

男たちはすでに夕闇に圧されて
白い装束の登り子へ変化《へんげ》している
擦れ違いざま手に持つ松明を軽く叩き合わせ挨拶する
コンッ　コンッ　コンッ
六十年前の音　三十年前の音　年を取らない新鮮な打ち合いの音たちが
乳色の天窓から滴のように降ってくる
いのちのツノのように嬉しく冷たい
夕暮れが特別な夜へと華やぎだす
喫茶店の前でおばさんが懐かしい駄菓子を売りに立つ
赤白青が夢のように捻れる床屋の前で
お父さんは息子の腹に縄を三回巻く
去年知り合ったナオちゃんの喫茶店は閉まっていても
話し声や皿を洗う音が胸に透明に蘇る
子供の頃食べたあの生卵入りハヤシライス
銀色のお盆を抱いてはにかむ春の幻
路地から路地へ時間は滲みだし

空間はきらきら多重露出して
〃頼むでぇー、頼むでぇー、頼むでぇー〃
男たちの声が白くしろくあふれてくる
祭りは徐々に一つのイキモノとなる
遙かな海からやってきた神の子のごとく
不思議な胞衣《えな》に凜と包まれて
みな高らかに笑い合い
笑いの澄んだ響きにいつしか生も死も立ち混じる
今この時の花芯は過去へ未来へしっとり濡れる
遙かに夏芙蓉も花ひらきだした
夕闇の阿須賀神社から速玉大社
やがてまったき夜の神倉神社へと
灯りだした遊郭の遺跡を抜け
誰しもの不可視の火は蜜のようにうっとり流れていく

大劫火

神倉神社の麓へどこからともなく群がってくる
火の消えたプロメテウス
冷たい灰を被った亡者たち
藻の悲しみに沈む生者たち
水路沿いの冷たい石の手摺りに肱を付き
カイロを手に握り締めながら私たちは呟く
やっとここまで来たね（なぜ来たの）
目に見えない者との約束を果たすように
ついにこの時が来たわ（なぜ来たの）
紀州の光と影と交わした密約のように
振り返れば背後はぎっしり亡者の気迫が籠り
引き返せない時間が闇の密度を増している
七時を過ぎると俯いていた祭りの影は大きく身を起こし
〃うぉぉぉー〃

ふいに山頂は唸りとも叫びともつかないケモノの声をあげる
神の火が熾されたのだ
照らしだされたゴトビキ岩は
岩のままあかあかと目覚めているだろう
己の鎖から解き放たれたプロメテウスたちが喜悦しているだろう
揺動が闇を伝い麓までちりちり伝播する
凍えていた私たちの指は
ふたたびファルスとなって伸び
松明から松明へ燃え移る火、火、火を想う
門を閉ざされさらにあかあかと火の粉を浴びているはずの
二千の肉体の生命感
炎を映しだすケモノの四千の目と
体を溶かす無数の滴
真っ暗な麓で待つ女たちは
闇に向かい指を光らせ問うている
洗礼のごとく乳のごとく私の涙はおとこの背を流れ下っているか——

鳥居の門が開かれれば
二千の火は濡れた大劫火だ
橙色の下り龍は五三八の石段を艶やかに蠢きだす
凱歌をあげ先頭を切り
闇を走りでてきた男の若い肉体
花のように開いて迎える女たちの指と歓声
タオルを掲げる一人の少女と
古代の彫刻のように陰翳深く抱き合う
美しい拝火教徒たちが火の粉を散らし
目の前を次々駆け抜けていく
亡者は消える
生者が蘇る
祭りとは誰のためのカオスカタルシス？
私たちの中の火の神はこれでふたたび眠りにつくだろうか

大劫火の後

参道に踏み固められた神たちの灰を
僕である人間たちは天高く掃きあげる
祭りを封印する決然とした音を立てて
金色の日の粉に烟る木々
蝶が未来の空を爆ぜて飛ぶ
花が予感の海を曳かれて咲く
——聖なる火が散逸した世界はふたたびギリシア悲劇を演じつづけよ
遙かな海神に命じられ
新宮の町は新しい鰯色にいきづいている

玉置山まで（一）

そこへ行こうと言ったのは倉田さんか
もしかしたら私ではなかったか
遙かな日私が私に囁き
また別な日に私はささやき……（不思議な葉擦れのように）
身の内にいつからか与えられた目的地がある
（時を越え今純粋に析出する空間の無の突端！）
明日の旅のために（明日とはたしかにふたしかな旅）
夜の暗いロビーのテーブルで地図を目で追う
心の果ての果てへ吸われる眩暈がする

（赤鉛筆は揺らぎ国道168号線を北へなぞりはじめる）
タマキヤマと初めて私に囁いたのは誰か
玉置山という文字で世界はいつ十字を切られたか
私の中の熊野
にいつからか深く穿たれていた聖なる山
三日も分け入れば
その者自身の巨大な肉体となり身じろぎだすクマノ
の奥の奥の院といわれる
死者も生者も魂の呼ばわれ吸われゆく処
作家は結局辿り着けたか着けなかったか
確認できないまま
二万五千分の一地形図の等高線をちりちりと
ほぼ紀伊半島の中心部に位置する大峯修験道の聖地へ聖地へ
二十六年前の思いさえ熱くつのっていく（欲望は寄り添ってくる）
伏拝《ふしおがみ》　七色《なないろ》　十津川《とつかわ》
地名を発音すれば

そこに生きた者たちの願いが針で突いた血の点のように私たちに蘇る
（そんな感受性がいつ生まれたか、私の中の熊野に）
ふしおがみ？　たどたどしく口にすれば
拝む人々の影がテーブルに俯く私たちに纏いつく
不死の和泉式部が背後にあくがれでて
世界の月の物が海のようにきらきら照らしだされる
胸の辺りは光の玉のように痛い
玉置山は光の魂《タマ》のように平面図で重い
地図の熱情から梅雨の夜空へしめやかに羽化していくのは何か
闇の紀伊半島は時を越え
純粋な明日へと真夜中の輝きを傾けている
私たちは真緑の死者たちとすでに夢の中から浮遊を始める

朝新宮を濡らしていた雨は
本宮に入ると明るく上がる
「そこを越えて直線の道に来ると雨はぴたりと止む」

複雑な気流はまた熊野の鏡にぶつかって輝く
この明るさは雨の鏡　晴れゆくカーブは滴のふくらみ
「熊野はことごとく問いを抱いた者の鏡に映った似姿だった」
私を熊野へ導いた問いとは何か
問いではなく呼びかけられ謎をかけられたのか
（クマノトハナニカソレガクマノナノダ）
人はいつからか謎をかけられ呼びかけられている
だから前へ前へと振り向きながら生きていく
遙かな日私が私に囁き
また別な日に私はささやき……（不思議な葉擦れのように）
そしていまのいま　この山々と共に一斉に沈黙し
私を見つめるあらゆる日の私
終わりを越えた未来の私にさえふうわり見つめられ
カーブを曲がるたびに光と水と緑は地形の大序曲を靡きだす
飯を盛った形の山が鏡のように続く
不可聴の交響曲が山人の鋸と三角点と電波塔を煌めかせる

針葉樹林から樹林へと波動のアリアが伝わり
風景がかげろっていく
光と影が移ろっていく
ここは宮井か
「国道から宮井の橋を折れた。宮井のそこが瀞の方から流れる川と
十津川の方から流れる川の合流点だった」
作家は右に折れ（169号線を北山川に身を寄せて）
私たちは左に折れる（168号線を十津川に誘われて）
やがてオリュウノオバに名指されたルーツ竹筒《たけとう》を発見し驚きの声を上げ
山への道に迷い引き返すことになる
後日調べると二度目は十津川を選びたどり着く
だが私たちにとっていつまでも〝辿り着けない作家〟のままだ
新宮からあくがれでた魂は
等高線をちりちり今もさ迷うのだ
見えないペン先が私たちの車を追いかける
限りなく書きたい、書き尽くしたい――

熊野という身を傾け
いまだ一点を彫るように書きつづけているその
風、光、影、緑、水の煌めき＝痛み……
「水に俺は溶けないが、水の痛みを感じつづけている」
意味も文字も忘れ果てた言葉の音波が
遙かな雲から葉脈までを煌めかせる
痛み、愛おしむ
私たちはやがて満々とした十津川の
緑が緑を映し合う無限の鏡へと分け入っていく

注　「水に俺は溶けないが、水の痛みを感じつづけている」は中上健次「十八歳」より。それ以外の「　」内引用文は、すべて中上「もうひとつの国」より。

玉置山まで（二）

やがて私たちは満々とした十津川の
緑が緑を映し合う無限の鏡へと分け入っていく
ここは忘れていた母の鏡の中ではないか
「熊野はまず鏡に映ったものとして在り、」
恐らく局所的に雨が降ったのだろう
満々とした水は山の緑を映しだし
山の緑はさらに水の緑を映しだす
無限にくりかえされる緑の無音の韻き合いは
眼をふるわせ　時間の川を揺らがせ

私の中に忘れられていた鏡という鏡を輝かせる
「死者を求めてくれば死者に会い、喜悦を求めてくれば喜悦を見つけるが、」
「それは実体ではない」
この、美しさ――
ふと亡き母のふるい鏡を想う
愛おしく分厚いガラスの鏡を求めに
ついに私はみずから鏡の中に分け入ったのか
窓際に置かれ　幼い日の庭を水のように映した永遠の鏡台
我が子を省みずお化粧に勤しんでいた母の不在は
いつしか母そのものとなり
今も私は深い水底に抱えている
谷深く緑鮮やかなここに
音波のようにみちみちている不在にハッと気づく
十津川、遠つ川――
明治二十二年の豪雨による山の大崩《おおぐえ》に堰き止められた川は
次々と小さな湖を作り

やがて決潰し激流となって村々を呑み込んだという
今満々と静かな水には
幾つもの母の鏡が
そこに映されたひそやかな幻想とともに
緑の闇の中になお沈んでいる
（すべてを失った人々はすぐに移住を決めた
　ほぼ一ヶ月後追われるように徒歩で神戸へ行き船で小樽に辿り着く
　山人が農耕民となり固い大地を耕したのだ――新十津川村、捨て去られた鏡の村）
すべての人の問いかけをすべての人の代わりに
すべての人の母の鏡に韻かせて放ちたい
ひとはどこへ行くのか
なぜここにいるか　そこへ行くか
何をもとめて――
誰のものでもない問いかけが中空を透明にあふれている
「熊野はことごとく問いを抱いた者の鏡に映った似姿だった」
ことごとくことごとく

世界は問いかける私たちを
本当は映しだそうと揺らぐ鏡
答えはなくとも
空は輝き　鷲は飛び　名を知らない白い花々はつねに新たに花ひらく
立て込む山々の稜線を束の間淡い汗のように撫ぜているひかり
応えようと差し伸ばされる幻の腕《かいな》
ふたたび雲の中へ移りゆく日の櫂
折立橋を渡りながら
雨上がりの鮮やかな緑という緑に
私たちはただ無限に映しだされていく
不思議な未来のように過去のように
「実体ではない」のだとしても
非在でもない自身の無数の「似姿」は煌めいている
母に似、母の母に似ている満々とした水の緑と緑の水——
時あふれ（今ここは未来と過去の双方へ水輪をひろげる）

地名わななき（平谷《ひらたに》、猿飼《さるかい》、鈴入《すずいり》、豆市《まめいち》――不思議な音波が誘い合う）
折立橋を渡りおえると
地形は玉置山へとひきしまり
辺りは禁忌の翳りをおびていく
アクセルを踏み込んでいく車に
等高線はちりりりちりりり鈴のように鳴りはじめる

注　「　」内引用文は中上健次「もうひとつの国」より。

玉置山まで（二）

聖地をもとめ難路をやって来たのは私たちの脳か魂か
ちりりちりり等高線に眠る鈴を呼び覚まして登る車は
次第に重くなる魂か脳か
（タマキヤマに憑かれたのは
　身体を差し置きそのどちらかだ）
擦れ違えない林間の登り道は
前方から車が来れば無限に後退しなくてはならない
誘われるように導かれるように
タイヤの欲望のまま物質的にゆっくり走らせていく

土をめりめり侵犯され破られる禁忌は
次の瞬間より深くみずからを修復している
分け入るほどに日は翳り
光を失った空気は白くくぐもっていく
上空を永劫に旋回する八咫烏の薄いまなざしが
すべてに浸透している
（ぴかりと光るフロントガラスを目ざとく見つけたのだ）
等高線を霧に濡らせ
謎の山はふたたびしっとり思考を始めている
ふいに道に迷い引き返せば
無数の巡礼者のように
光を失った木々がバックミラーに迫りだす
温帯性から亜高山性へと暗い金属性を帯びていく天然林の一群
（誰もいないのに誰もがいる――木はひとだ）
なつかしい灰白色の脳の襞に分け入るように
またカーブを曲がる　車は来ない　ひとはいない

（誰もがいるから誰もいない——ひとは気だ）
聖なる地形のまま往くことは自身の魂と交わること
聖地とはこの世界に己のたった一つの魂しかないと知らされる場所
この山を飛ぶように歩いた役行者ならば
霧に木霊する激しく孤独な息づかいに真実を聴き取ったろう
空と海という名を持つ弘法大師ならば
波のように拡がる山々に後ろ髪を引かれながら
その重みに励まされさらに虚空を目指したろう
二度目に恐らく私たちと同じ道を車で入った作家は
その驚く広さを閉ざしゆく霧の「霊異」に
長い髪をしっとり肩に湿らせて呆然と見つめたろう
霧が放たれ
鳥のように獣のように時間が潤んでくるのを
ひとの時間が神々の空間へ吸われ澄みわたる未来を
玉置山はそれぞれの真芯におのずと隆起していく魂の山だ

＊

駐車場で雨が降りだした
隅に一台だけうち棄てられた車は遙かな過去から現れたか
眼下は濃く立ち籠める乳色の霧と
聖なる影絵となった真っ直ぐな木々
作家もまた同じ景色を見ただろう

「霧がたちこめていた。晴れていたなら、遠く海の方から吉野の大峰山の方まで見はるかすことができるのにと人は悔やむが、その山が容易に解け得ぬ謎そのもので、杉の巨木の間に流れる霧は、全貌を顕らかにしない証しに思える。私は一人のシャーマンのようになって心の中で山と問答している。保田與重郎は何を言ったのか、と私は問うのだった。」

遙かなひとが何を言ったかと
はるかなひとが考えあぐねた場所
ここにひとはひとの面影を求めにやって来る

言葉にならなかった思いと
残されたままの孤独な息づかいを感じ取るために
霧は乳色の鏡
雨は雨の似姿
ひとはひとの似姿
私たちは仄白い〈不死の人〉のシルエットを借りて
参道を不思議に晴れやかな気持で登っていく
透明なビニール傘越しに
原初の霧の匂いを嗅いでいる
百歳以上のブナやモミやツガやミズナラの
圧倒的な静謐と金属のように冷えた影を背に受けて歩く
けなげに咲くマルバウツギやシロバナコアジサイの
ささやかな白い花序と
霧を艶やかに窪ませるウグイスの声
地面近くにハンモックのようにいくつも渡された蜘蛛の巣が雨に煌めく
（蜂の巣が低く掛かれば強風というがこれは何の予兆）

流転するいのちの闇が濡れている
ふと見あげる花々は
見おろす木々とまなざしを交わらせ
見えないいのちが中空に生まれつづける
(写真は眠るウイルスのような小さな魂《タマ》の浮遊を捉えた)
傘を閉じこまかな雨に打たれていく
山のいのちを受けるように手を差しだし
実体でも非在でもないふうわりとした喜悦に満たされる
身体を不思議な虫のように
魂のオパール色に透かされて

撮った瞬間神代杉の前で私は輝いた　髪に小さな魂《タマ》を纏わらせ

＊

霧はすでに私たち自身から放たれている
やがて霧と化していくことを

そのひともあのひとも我知らず受け入れ
この世界にうっすら溶けていったのか
ひとの似姿である木々の背後に
小さな喜悦を幾粒かそっと隠して

注　「　」内引用文は中上健次「もうひとつの国」より。

田辺

二〇〇九年九月二十六日　晴天の下に朗読会第一日目を迎える

アルティエホテルのドアが開く
朝の光はうっすら田辺の街を覆っている
護りながら晒している（護ることで晒すように）
まだ静かな駅前商店街の硬い柱やシャッターの傷
ゴミ箱の蔭の黒猫の目の煌めき
色褪せた看板に染み込んでいる無数のざわめき
九月の終わりの朝の光に
消えていた音や声はふうわり誘いだされる

目をつぶり手を中空に差しだす
詩の雨はふっている
人と人との隔たりとつながりを
鳥の舌のように柔らかく湿らせて
遙かな昔から詩の雨はふりつづいている
不可視のしずくが一滴一滴　世界を緩めている
シャボン玉の表面で移り変わる七色をおびる頬
目を開け指を伸ばせば
指のほんの少し先を
世界は甘美に壊れてくれた
……光の羽毛が一枚まなざしのように生みおとされる

やがて私の中から朗読者は歩みだす
内側深くの破壊から外へそとへ
言葉そのもののように　影のない透明な爪先を伸ばし
喉を押さえ声の羽を真白く拡げていく

＊

湊本通りを精霊たちが駆けていく
北新町に立つ石の道標の前で立ち止まり
微風となって首をかしげる
「右きみゐ寺　左くまの道」
巡礼の疲れた肩を撫でるように優しくくぐり抜かれた文字
石屑のように捨てられた声はどちらへ向かったか
声は消え文字がここに残り
熊野に千年の黄昏は始まった
だが今このときの闇を見きわめていけば
道標は光るキノコのように輝くだろう
石は熊野比丘尼が絵解くように叫ぶだろう
「右イキミイイ寺ア　左イクマノオ道イ」
私たち本当は盲目の巡礼者
死せる文字にふれいそぐ風

声をふたたび生もう　体の中の無数の鈴はちりちりする
世界の分かれ道で迷い子のようにいっしんに足踏みをして
鈴をふるわせよう　あふれるように　逆さまに雨がふるように

＊

朗読会が始まる
多くの人の手に支えられ
多くの人のまなざしに見守られて
詩はここまで来ることができた
ギャラリー寿苑の白い空間
光のように鈴のように詩がふるえながら
初々しく花ひらく場所を提供してくれた田畑寿雄さん
受付に立つ三谷渉さん　堀口充代さん
プロジェクターを操作する堀口誠吾さん
『新鹿』の詩篇を読み込んで作った曲で伴奏してくれる高垣明弘さん
そして『新鹿』を生みだした母胎紀州・熊野の旅の時空を

この二年私に開いてくれた倉田昌紀さん
詩は一人のものではない
表情や仕草からさり気なく知らされていく
温かな光が胸の内を拡がる
外から光をつれて人が入ってくる
大切なしずくを受け止めるように　挨拶する
紀州・熊野の光と影から生まれたての素敵な笑顔
瑞々しいしずくを受け止めるような
出会いのよろこびと気恥ずかしさが
午後二時に向かい「今ここ」を鮮やかにいきづかせる

満席となった
高垣さんの艶やかなピアノがショパンのノクターンを奏でる
裸足で前に立つ倉田さんは詩集を優しく掲げて紹介する
一呼吸おき私の中から朗読者が一歩前に出て声を放つ
〝鳳仙花のように〟

身の内の熊野の記憶からひとすじまたひとすじ
喉へ立ちのぼってくるたしかな光
熊野のただなかで熊野の詩が揺れはじめる至福
白い空間に言葉は一人立ち尽くし
朗読者の思いがけない声の力は
世界のガラスを感じながらふるわせていく
本当はこのように詩を書いていた
新鹿の開墾地で　箸折峠で　鬼ヶ城で　花ノ窟で
この声の力でこそ詩は書かれた
詩のない世界に詩が顕れるように声なき声が祈るように書いた
スクリーンに投射されるあの花々の光のあふれ
その木々の影のあふれを
緊張した喉から危うくこぼれていく私の中の熊野
それを受け止めてくれる人々の中の大いなる熊野
「今ここ」のすべてに
三谷さんの尽力で壁にかけられた表紙の原画・

原勝四郎「江津良の海」の優しい青と緑が反映する
詩は知っている
言葉は感じる
さらに声へこえへ
詩をゆたかに励ましつづける光と影に世界は満たされていく

ギャラリー寿苑に飛び交う見えない鳥たち
遙かな過去から次々花ひらく黄水仙
絶壁に波が砕け光は煌めく
空へと透き通る「今ここ」へ降りてくる宇宙の花房
光と風のアルペジオ
声はその輝く「うつほ」と永遠に戯れていく

波田須

朗読会二日目の朝　田辺から車二台に分乗し中辺路を熊野市波田須町へ向かう

前線は北から緩んでいる
大きな翼の蔭に隠れるように光が失われ
アスファルトはうっすら白くなる
車を降りる　どこまでも低くつらなる緑の山々は少し傾くように迫りだす
くぐもって身じろぐ無音
ふたたび大きく奏でられる予感
山の腹は透明な波動をたたえ（透明な波動にたたえ）
ゆたかになつかしく湾曲する
――何だか山に抱かれている気分だなあ

小さな無人のパーキングエリアで缶コーヒーを飲みながら一人が呟く
熊野の力にのびやかに引きだされた言葉からほどけ
もう一人も滑るように語りだす
――何という名前なのでしょうね、山に名前はあるんでしょうか
山々のまなざしを受け輝きわたる横顔と横顔
額に落とされる見えない鳥の光の羽
雨になりそうでならない気圧が
ふくらむ空気の粒子を低く揺らせている
熊野という空間は過去と未来を無限に合わせるかのようだ
永遠に人のかたちで立ちつくす杉の梢から梢へ
色づきを待つ椎や樫の奥深く隠された枝から枝へ
〝今このとき〟の透明な鏡は編まれはじめた
海と山が秋の気流を交わらせる曇り空から
私たちの中に同じ不思議な静けさが降りてきて
見つめる事物の色と質感自身が光り翳り眩暈していく
「熊野はことごとく問いを抱いた者の鏡に映った似姿だった」

道路標識　朽ちたうどん屋の看板
前方を走るトラックの荷台の丸太の尻　やってくるトンネルの橙色の胎壁
魂に侵襲する事物は死者の仄暗さが染みている（誰もが見ていて見えていない）
世界の亀裂から古いふるい歌声は漏れつづける（誰もが聴いていて聴こえない）
渡瀬《わたらせ》トンネルを過ぎれば本宮は近い
鏡の山々にまだ見ぬ海の吐息がかかり
風景は別な光の予感にゆっくり濡れていく

＊

クマノナダが現れる（鼻にかからず発音するのは難しい）
ハナノイワヤを過ぎた（イワヤのイについアクセントを置いてしまう）
国道42号線を南から来れば
獅子岩はやや不完全なスフィンクスだ（見張られているように緊張する古代の獣の名）
車の窓から半ば輝く海を右手に眺めながら
私はもう声なき朗読者になっている
シチリミハマヲアルク

ナダラカナクマノナダハキラメクミズイロ
舌と口と頬のもどかしく孤独な筋肉よ
歌え　波だて　くずおれろ
ウタエナミダテクズオレロ
子音は小さな爪で弦を爪弾くように（古いチェンバロを真似て）
母音は口角をあげ明るく率直に（幼い日のピアノを想い）
書かれた日本語の重力からふうわり声の羽衣が浮かびあがる一瞬のために
時間よ、湾のかたちの楽器になれ

＊

波田須・天女座の「海の見える音楽ホール」の薄闇が好きだ
あたたかな橙色の灯りがともり
誰もいなくてもたくさんの人の気配がする
（熊野に魅了され移住を決意した矢吹紫帆さんに共鳴し
　元自動車部品工場を改装した地元ボランティアの手を空間がまだ記憶する）
遙かな潮のうねりにたしかに抱かれ

ここに花はなくても懐かしい花の匂いがたちこめる
（長襦袢の緋色に塗られたチェンバロの蓋に手描きされた桜は見事な散華を続ける）
耳を澄ませば舞台背景の老松の永遠の緑に
時間の潮騒となって蘇る見知らぬ人々の拍手と喝采
ハタハタ、秦、パダ、ハダ、ハダス――
解き明かされない地名が今荒波に洗われたように明るい
波打ち際で丸い小石たちは
青い目を初めてつぶらに開く

＊

午後二時を過ぎ朗読会が始まる
これから二時間という永遠は私たちの声と音楽にゆだねられ
天女座ホールは小さな海となっていきづいていく
闇に沈んで座る観客は水中花のように身じろぎこちらを見つめている
暗がりとざわめきに思いだす
初夏　波田須の小さな集落に降りていくと

ふいに百合のつよい香りに包まれた――
急勾配の土地に古い家々が身を寄せ合う集落の無人の道のどこにも
百合は一輪も見当たらなかった――
不老不死の薬をもとめ熊野にやって来た徐福の墓が
透明な百合の気を発しているようにも思えた――
いまだ桃源郷と信じているだろうか
今ここにいる私たちは
徐福が夢見つづける伝説の貝の吐く蜃気楼に住まう者か
（いつからか、いつまでも、そうなのか）
マイクが宝石のように輝く
中空の闇に吸われるように誘われいつしか声を発している
〝幻の鹿たちが　木の間がくれに駆けていく〟
産道のような暗がりを通り声は背中から次々ひしめき
音韻を越えて「今ここ」をあふれだす
声を見つめるように読んでいく
すべての出会いが　光と影が

花弁のようにこの橙色の海に溶け込んでくる
声で見つめるように読んでいく
新たな時の種子を未来の空虚に植えつけるために
かたわらで紫帆さんの見えない十指は指自身の耳で言葉たちの表情に感応し
シンセサイザーの鍵盤を舞いはじめ（鍵盤が、舞いはじめ）
世界にふれて解き放たれる、赤ん坊の歓喜
電子音がうねらせる、あたたかな羊水
即興のアルペジオ、指からあくがれでる生まれたての音のひかり
詩は懐胎され、揺すられ、護られ
隠されていた不思議な脚を動かしながら
やがて胸の辺りから聴く人々の闇のもとへ駆けだしていく
〃生きよ　生きはじめた以上、生き尽くせ〃
そう書きつけた思いがはるばる声となり
みずからを証す　いまのいま
声が風に乗って届く新鹿の開墾地で
黄水仙はふたたび深い根で書きはじめる

ざわめく木々は木が伝えうる言葉で白い空を耕しつづける
朗読とは喉元に他者のまなざしを受け止めること（誕生以前に見つめられたように）
言葉は孤独ではないと信じること（私たち自身が孤独でないと信じうるように）

幻の鹿たちが輝きめぐる
空は言葉を越えて立ち騒ぐ
世界よ、旅立て――
闇を呼び遙かな熊野灘をうねらせ
魂の皇帝は私たちの光をいっしんに促している

注　「　」内引用文は中上健次「もうひとつの国」より。

あとがき

本作は『新鹿』に続く、紀伊半島を巡り書き継いだ「フィールドワーク詩集」である。今回は、二〇〇八年秋に訪れた高野・龍神地方の龍神から「出発」する（作品の配列と時系列は必ずしも一致しない）。「龍神」は紅葉の日高川沿いを車で北へと辿っている。作品は龍神での途中下車で終わるが、実際は和歌山県の最高峰、護摩壇山の頂上に辿り着いた。そこからどこまでも南に拡がる紀州・熊野の山並みを眺望したが、眩暈のようなその「鳥瞰」の感覚は、その後旅する知覚をずっと刺激していたように思う。

口熊野（「田辺」）と奥熊野（「玉置山まで」）、そしてその周辺の中辺路（「野中」）、新宮（「お燈祭り」）、那智勝浦（「補陀落」）、熊野市（「波田須」）を巡る中で、人々や自然や歴史と出会いながら、紀州・熊野の細部を私はいわば「虫瞰」していた。野中では宇江敏勝さんに出会い、「山びと」として紀州・熊野の山で生きた半生へ思いを馳せ（「野中（二）」）、那智勝浦の補陀洛山寺では波の音とともに歴史の声を聴き（「補陀落（一）」）、新宮の神倉神社では、旧正月の前日に行われるお燈祭りで、昼の禊ぎから夜の火祭りまで古代の巨岩信仰の雰囲気を感受し（「お燈祭り」）、修験道の終点である玉置山へは、かつて中上健次が訪れた事実を意識しつつ向かった（「玉置山まで（一）（二）（三）」）。旅の終わりとして、二〇〇九年九月二十六日に田辺市、二十七日に熊野市で行った『新鹿』の朗読会では、準備段階も含めて出会った人々の、それぞれの紀州への思いを感じとることができた（「田辺」、「波田須」）。

本作は、何者かに鳥瞰されながら、紀州・熊野の自然、人々、歴史、宗教を虫瞰したフィールド体験にもとづき、いくつも時空を重ねて生まれた詩的「フィクション」といえる。

紀伊半島を旅するようになって二年。訪れるたび、私自身の「詩のいのち」が蘇る実感がある。紀州は、詩がいのちに深く関わるという原点を思い出させてくれる。「いのちに関わる」という表現で私がいいたいのは、ほんとうは詩とは、私たちの深みに潜む言語の生命力が、外界の生命力に喚起され立ち現れる炸裂であり、さらに「それを通してすべてが消え去る輝き」（モーリス・ブランショ）であろうとする、ということだ。私たちの内奥で言語はけっして静かな死物ではない。日々みずからの生命力をおしころし、文字や記号のふりをしつつ、輝くいのちとして蘇る機縁をつねにもとめている。後付だが、本作は、私自身の言語の生命と外界の生命とが、呼び呼ばれ交錯し甘美な火花を散らした旅の、私なりの結実である。

本州の北と南の木々が出会い、木々と共に北と南の鳥と獣と草と昆虫もまた出会う紀伊半島。そのゆたかな光と影、ざわめきと煌めきは、「詩のいのち」をつよく誘ってやまない。この詩集は、多くの人のいのちと、それを育むすべてのいのちによって触発され、生まれた。

今回も隠国での素晴らしい様々な出会いへと導いてくれた倉田昌紀氏、出版に際し再びお世話になった思潮社編集部の髙木真史氏、装幀の倉本修氏、写真の鈴木理策氏、そして彼地で出会ったすべての人々に深く感謝申し上げます。

二〇〇九年十二月二日　著者

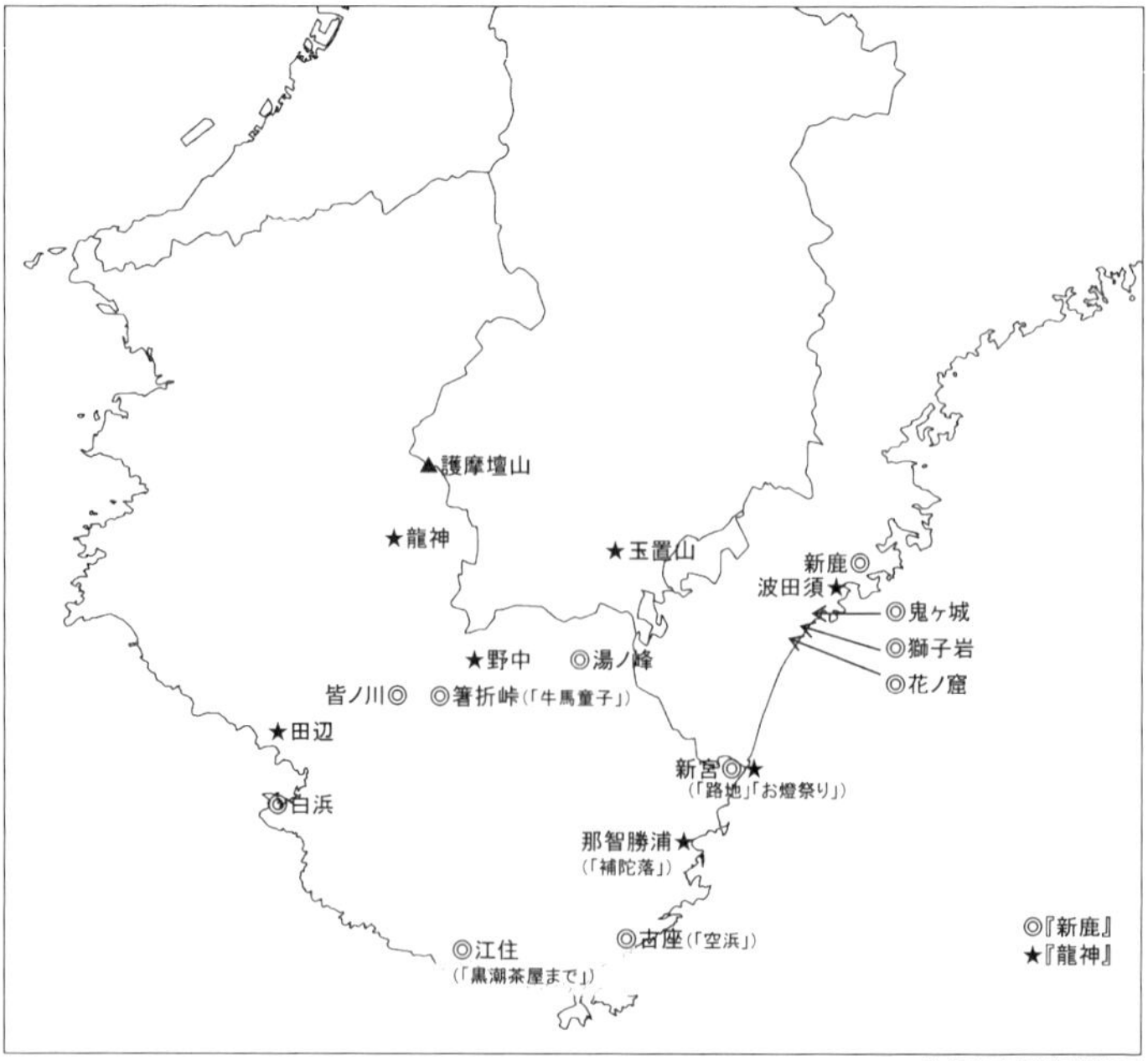
▲護摩壇山
★龍神
★玉置山
新鹿◎
波田須★
◎鬼ヶ城
◎獅子岩
◎花ノ窟
★野中
◎湯ノ峰
皆ノ川◎
◎箸折峠（「牛馬童子」）
★田辺
新宮◎★
（「路地」「お燈祭り」）
◎白浜
那智勝浦★
（「補陀落」）
◎江住
（「黒潮茶屋まで」）
◎古座（「空浜」）
◎『新鹿』
★『龍神』

紀伊半島 詩集関連図

龍神《りゅうじん》

著者
河津《かわづ》聖恵《きよえ》

発行者
小田久郎

発行所
株式会社 思潮社
〒一六二—〇八四二　東京都新宿区市谷砂土原町三—十五
電話〇三（三二六七）八一五三（営業）・八一四一（編集）
FAX〇三（三二六七）八一四二

印刷所
創栄図書印刷株式会社

製本所
誠製本株式会社

発行日
二〇一〇年四月一日